日本

彼の地へ

3・11からのメッセージ

高橋佳子

三宝出版

○目次　*contents*

プロローグ

彼の地へ――私たちがめざす場所がある

震災を想い続けよう

再び巡《めぐ》ってきた三月。

私は石巻《いしのまき》の海岸近くに一人立って、命を奪《うば》われた魂たちと試練の中にいる人々を想い、祈りを捧《ささ》げていました。

走馬燈《そうまとう》のように蘇《よみがえ》ってきたこれまでの日々――。目の前に広がる被災地は、一年前とは、様変《さまが》わりしていました。あの一面の瓦礫《がれき》――人々の痛みのかけらであり、生きた証《あかし》でもあったものたちはすっかり取り除《のぞ》かれ、むき出しの地面があらわになっていました。

何もかもがなくなり、空《から》っぽになって、虚《むな》しさを一層《いっそう》募《つの》らせている――。それは、塩釜《しおがま》にも、気仙沼《けせんぬま》、南三陸、陸前高田《りくぜんたかた》、大船渡《おおふなと》にもあった光景でした。

一年後の節目《ふしめ》を迎《むか》えて、東京や他の地域では、震災は一区切りし、これからは復興の歩みが始まってゆく、そんな気分が生まれていました。やがて書店からは震災コーナーが姿を消し、テレビの震災関連の情報も少なくなりました。関東以西では、遠く離れるほど、震災は忘れられかけているのではないでしょうか。

しかし、被災地の状況は変わることなく厳《きび》しいままです。復興は遅々《ちち》として進まず、大半の地域ではその目処《めど》も立っていません。

現地で出会う方々はどの方も、口々に「震災直後より今の方が厳しい」とその実感を語られました。直後は、何とか頑張《がんば》らなければと必死だったけれど、今は堪《た》えなければならない。変わらない現実、希望の見えない状況を受けとめなければならない……。被災地の人々は本当に、難しい時期を過ごすことを強《し》いられています。

そして言うまでもなく、福島第一原子力発電所の事故は、人々の苦難に拍車《はくしゃ》をかけることになりました。拡散した放射能は私たちの生活に著《いちじる》しい制約を与《あた》え続けています。それは今や、汚染《おせん》の被害を受けた地域のみならず、わが国全体の課題であり、抜《ぬ》き差しならない運命として、私たちにのしかかっているのです。

震災のことはもう忘れたいという被災者の方は少なくありません。つらい記憶を早く消し去って、これからの日々のことを考えたいというのは当然の気持ちでもあるでしょう。

しかし――。被災地と人々を見守る私たちは、想い続けなければならないと思うのです。忘れることなく想い続けることは、必ず、この試練の本当の呼びかけを受けとめ、それに応《こた》えることにつながってゆくからです。

そこで斃《たお》れた魂たちが本当に伝えたいことは何なのでしょうか、痛みを抱《かか》えた人々は何と叫《さけ》んでいるのでしょうか。私たちは、その見えざる想いを受けとめなければなりません。

重い試練を抱える数え切れない人生とともに歩むために、そして計《はか》り知れない試練の中にあるこの国のために、私たちは、被災地と震災のことを想い続けてゆく必要があるのです。

彼《か》の地へ——私たちがめざす場所がある

私は、前著『果《は》てなき荒野《こうや》を越えて』の中で、この震災において私たちが直面した「荒野」とは、見渡す限り瓦礫《がれき》と化《か》した現実だけではなく、もともと抱《いだ》いていた荒々《あらあら》しい力をあらわにした、私たちが生きる世界そのものではないかと言いました。

被災地で、家族を奪《うば》われ、家や会社を失《うしな》い、それまでの生活を壊《こわ》された人々、心に深い傷を負《お》い、悲しみを抱《かか》えた人々はみな、その「荒野」に投げ出された人々です。震災の影響で試練に直面した人たちもそうでしょう。そして被災地から遠く離れていても、自分ではどうにもならない困難に出会っている人も、同じようにその「荒野」に立ち尽《つ》くしている人々にほかなりません。

世界という「荒野」の中で、試練を生きるすべての人々に向けて、私は、この果てなき荒野をともに越えてゆくことを、祈りを込《こ》めて呼びかけさせていただいたのです。

そして震災から一年と数か月を経《へ》た今、私は、こう思います。

「では、その果てなき荒野を越えて、私たちはどこへ向かうのか——」。

それは、震災を知る誰《だれ》もが、想いを馳《は》せるに値《あたい》するテーマではないでしょうか。

行方不明《ゆくえふめい》になった幼《おさな》い娘を来る日も来る日も探《さが》し続けて彷徨《さまよ》う母親。無《む》残《ざん》な瓦礫の山となった会社の前で呆然《ぼうぜん》と立ち尽くす男性。多くの人々が、大切な人を失い、受け入れがたい現実を背負《せお》ってきました。無念を刻《きざ》んで厳《きび》しい日々に堪《た》えてきたのです。今なお、希望すら見えない重圧の中で闘《たたか》っている人たちがいるのです。

震災という巨大な試練、堪えがたい喪失《そうしつ》を経験したからこそ、私たちには、めざすべき場所があります。苦しんだからこそ、求めなければならないものがあるのです。

「彼の地へ」という本書のタイトルは、その想いを託《たく》したものです。

「彼の地」とは、まさに私たちがめざす場所——。私たちが求めるべき心、私たちが尋《たず》ねるべき生き方、人々のつながり、そして新しい国、新しい文明のかたち……。

震災の直後に、大船渡《おおふなと》や陸前高田《りくぜんたかた》ですれ違った人々の胸には、同じ想いが渦巻《うずま》いていました。「なぜ自分は生き残ったのだろう」。「どうして、（津波に巻き込まれたのが）私ではなくあの人だったのか」。人々はみな、無念を刻んで逝《い》った家族や友人のことを思えば思うほど、自分には何かしなければならないことがあると、感じていたのです。

その想いは、私たちがめざす場所、「彼の地」にまっすぐに向かっているのではないでしょうか。

また、震災の後、震災以前とは何かが変わったと感じ、また変わらなければならないと思った方は少なくないはずです。生き方を問い直したいと思った方もいるでしょう。その想いもまた、「彼の地」を求めるものではなかったでしょうか。

そして、それは震災という試練だけではありません。人生の中で、重く苦しい時を過ごした人にはみな、その試練の時を生きたからこそ、見出《みいだ》さなければならない人生の場所があると思います。

彼の地へ――。それは、世界という荒野に生きるすべての人々への、切《せつ》なる呼びかけにほかならないのです。

歩みは始まっている――それぞれの「彼《か》の地」へ

幾多《いくた》の困難を抱《かか》える被災地の中で、人々はすでにそれぞれの「彼の地へ」の歩みを始めています。

石巻《いしのまき》にある雄勝《おがつ》中学校は津波で校舎を失《うしな》い、生徒たちも全員が被災《ひさい》しました。家族を亡《な》くした子もいました。しかし、奇跡的に、生徒全員の無事が確認された日から、自らも被災した先生たちが力を合わせて、学校の再生のために歩み出したのです。

家も校舎も、そして大切な家族まで、すべてを失ってしまった生徒たち――。その子どもたちに「たくましく生きてほしい」と願った佐藤淳一校長は、ある日、雄勝で有名な黒船太鼓《くろふねだいこ》を想い、「全員で太鼓《たいこ》をやろう」と投げかけました。生徒たちも拍手《はくしゅ》でぜひやりたいと応じました。

子どもたちに、何とか誇《ほこ》りと自信を与《あた》えたい、支援《しえん》してくれた人たちにお返しできるものを身につけさせたいという一念でした。その歩みは、佐藤さんの著書『たくましく生きよ』に記《しる》されています。

何もない雄勝中学校では、古タイヤにガムテープを巻《ま》き付《つ》け、太鼓に見立てて和太鼓ならぬ輪《わ》太鼓の練習が始まりました。最初は、音もリズムもバラバラでした。しかし、その練習は、日を追うごとに熱が入り、魂の込《こ》もったものになっていったのです。

全国からの支援物資と、社会の第一線で活躍する様々な人たちの特別授業にも励《はげ》まされ、生徒たちは少しずつ自信を取り戻《もど》してゆきました。

そして「震災からちょうど半年の節目《ふしめ》に、鎮魂《ちんこん》と感謝の意を込めて、被災した学校で復興輪太鼓の演奏をしよう」という佐藤校長の呼びかけに応《こた》えて練習を重ねたその当日、いつ取り壊《こわ》されるかもしれない思い出の校舎で、渾身《こんしん》の演奏を披露《ひろう》することができました。生徒の一人は、亡《な》くなった母親のことを想って演奏したと話したそうです。

そのときの演奏が話題を呼び、雄勝中学校の復興輪太鼓は、やがて東京やドイツでの公演にも赴《おもむ》くことになり、地元から海外まで多くの人々に感動を与えることになったのです。

そして、震災一年後の三月に行われた卒業式――。三十三人の卒業生は、一人ひとりが何とたくましく成長し、輝《かがや》かしい自信に満ちていたことでしょう。佐藤校長は万感《ばんかん》の想いに満たされていました。

それは、一人の校長先生と教職員全員が力を合わせて、生徒たちとめざした「彼の地へ」の歩みだったと私は思うのです。

宮城県東松島市で本書三四～三五ページの見事なネギを育てた農家の佐藤祥《しょう》さん一家。津波による海水が浸食《しんしょく》した畑は、通常数年は作物を収穫《しゅうかく》することができないと言われる中で、しかし、あきらめることなく畑の塩分を抜《ぬ》いて、作付《さくづ》けに挑戦《ちょうせん》したのです。今、同じように稲作《いなさく》に取り組んでいる佐藤さんたちは、農業の再生を通じて「彼の地」に向かって歩んでいます。

津波で会社のほとんどを失《うしな》った気仙沼《けせんぬま》の酒造《しゅぞう》メーカーの社長、菅原昭彦さん。唯一《ゆいいつ》被害をまぬがれた蔵《くら》に残されていたもろみから、社員と力を合わせて地酒《じざけ》の製造を再開することができました。酒造りには難《むずか》しい夏の仕込みだったにもかかわらず、結果は期待を上回る出来栄《できば》えでした。もともとお酒は人の気持ちをつなぐもの。地酒を世に送り出すことで地元を励《はげ》ましたいという想いは、菅原さんの「彼の地」を表すものでしょう。

ばらばらになったことで改めて地域の人のつながりの大切さを知った人々が、地域便《だよ》りをつくって何とか本当のつながりを取り戻そうと奮闘《ふんとう》する。母親を亡《な》くした家族がそれまで以上に強い絆《きずな》を結び合う家族になろうと歩む。震災と向き合った中学生がやがて建築を学んで被災《ひさい》した人たちの家を建てたいと願う。それらもみな、それぞれの「彼の地」への歩みです。

一人ひとりの「彼《か》の地」が新しい日本をつくる

福島第一原子力発電所の事故は、想像を超える打撃《だげき》を私たちに与《あた》えています。放射能汚染《おせん》が広がる中で、収穫《しゅうかく》された作物の安全を確保するために、改めて広範《こうはん》で精密《せいみつ》な放射線量の検査を進めることになったことはすでに多くの方がご存じでしょう。

しかし、そのことに、農家の主婦である一人の女性が上げた、勇気ある声が大きく関わっていたことを知る方は少ないかもしれません。

福島県伊達《だて》市で家族と農業を営《いとな》む高橋一子《かずこ》さんは、震災後、はじめての収穫期を迎《むか》えて不安を感じていました。

原発の事故以来、政府や県の発表は「安全である」と繰《く》り返すばかり。しかし、限られた地点の検査による安全宣言に、自分のところは本当に大丈夫なのだろうかという疑問をぬぐえなかったのです。

一子さんは熟慮《じゅくりょ》の末、意を決して検査をしてほしいと声を上げました。もちろん、迷《まよ》いがなかったわけではありません。もし、基準値を超える数値が出てしまったら、出荷《しゅっか》ができなくなってしまう。そればかりか近隣《きんりん》の村々、周辺の皆さんにも迷惑《めいわく》をかけることになる……。

しかし、黙《だま》っていることはできませんでした。たとえ結果がどうなったとしても、このまま米を出荷することはできない――。

検査の結果は、懸念《けねん》していた現実を示すものでした。線量が基準値を上回ったことで米は出荷停止になったのです。一子さんのところには取材が殺到《さっとう》し、報道でも大きく取り上げられて、結果的に、広範囲にわたる検査が改めて行われることになりました。

一子さんは苦しい想いに駆《か》られました。農家の良心を守ることはできたものの、結局、周辺の二地区が出荷規制を受けることになってしまった。本当にこれでよかったのだろうか……。

ところが、そんな一子さんを周囲の農家の皆さんが「自分たちも心配だった。誰《だれ》かが声を上げなければならなかった」と支持《しじ》してくれたのです。それは、何よりも心強く、励《はげ》まされたことでした。

一子さんが住む地区は、のどかで美しい里山。放射能のことがなければ、子どもたちが自然と無邪気《むじゃき》に戯《たわむ》れる場所――。しかし、そんな故郷《ふるさと》はもう過去のものになってしまいました。

放射能の不安の中、一人で事態と向き合い、葛藤《かっとう》していた苦しさと怖《おそ》れは言葉にたとえようのないものです。

その苦しい日々の中で、何よりも生命《いのち》を守ろうとし、その想いを貫《つらぬ》いたこと――。検査を申し出たその選択は、正しいからというだけでできるものではありません。農家としての過去と未来のすべてをかけなければ、踏《ふ》み出すことのできない一歩です。それはまさに、一子さんの「彼の地へ」の一歩だったと私は思います。

四月に福島を訪《おとず》れたとき、私は、伝手《つて》あって一子さんとお会いする機会に恵まれました。そのとき、一子さんは、悶々《もんもん》と悩み、葛藤した日々のこと、それでも決然と導《みちび》いた、ひとすじの想いを切々《せつせつ》と語られました。

一子さんが、利害を超えて多くの人のことを想い、現したその行動――。その歩みは、本当にまばゆい光を放《はな》っています。

震災の中で「彼の地」をめざす人々の姿に、私は、改めて感嘆《かんたん》せざるを得ません。大きな試練に人は打ちのめされる――。しかし、その試練を受けとめて、それぞれの「彼の地」を求め生きる人の中から生まれてくる力は、想像を絶《ぜっ》するものです。

その人々の核心《かくしん》にあるのは、自分をはみ出す心――。自分を超えて、家族のことを想い、周囲のことを想い、地域や国のことを想って、「彼の地へ」向かう――。その歩みが、本当の希望の道となるのです。

私たちの新しい日本は、こうした一人ひとりの「彼の地へ」の道が、一つまた一つと重なって、力強い奔流《ほんりゅう》となり、大河《たいが》となって生まれてゆくものではないでしょうか。

私たちの国を「彼《か》の地」へ

今、私たちの国は国難とも呼べる試練の時代を迎《むか》えています。

国力の象徴《しょうちょう》である経済活動の低迷《ていめい》と衰退《すいたい》、世界に例をみない超高齢化社会の到来《とうらい》など、わが国が今抱《かか》える問題はどれ一つをとっても、前例のないものであり、ある意味で、日本が世界に先んじて体験しているものです。

そして今回の震災がもたらしたさらなる打撃《だげき》——福島第一原子力発電所の事故は、その象徴とも言える問題でしょう。広大な地域に拡散《かくさん》した大量の放射性物質の脅威《きょうい》は、何十年にも及《およ》ぶ世代を超える難題です。また、すでに決定済みの廃炉《はいろ》の課題は、いかなる国もまだ取り扱ったことのない難《むずか》しいテーマです。

私たちは、一部だけでもこれだけの困難な試練と向き合い、それを乗り越えて、未来を創《つく》ることを求められています。

しかし、私は、その試練こそが、私たちの国の未来を指し示しているように思います。私たちの国の使命と言うべきものに深く関わっているように思うのです。

たとえば、わが国には、過去にも世界に例をみない試練を引き受けてきた歴史があります。

日本は第二次世界大戦において原爆《げんばく》の攻撃を二度受けた唯一《ゆいいつ》の被爆国《ひばくこく》です。加えて、各地への度重《たびかさ》なる空襲《くうしゅう》によって、多大な被害を受けました。しかし、見渡す限り不毛《ふもう》の地となった焼け跡《あと》から、その試練を乗り越えて復興を果《は》たしました。奇跡の復興と呼ばれたその足跡《そくせき》は、その後、試練に直面した国々や人々をどれほど励《はげ》ます力となったでしょうか。

この震災という試練、そして今日本が抱《かか》える様々な課題——。世界に先んじて経験する困難に真摯《しんし》に向き合い、生き方と価値観を問い直し、人々の智慧《ちえ》と力を結集《けっしゅう》して解決してゆく。言うならば、問題解決を先進的に進めてゆく。そこにこそ、私たちの国の一つの「彼の地」があるのではないでしょうか。

震災を通じて、わが国は世界中の国々からたくさんの支援《しえん》を受けました。数え切れない人々が祈り、励ましのメッセージを送ってくれました。その経済力の大小に関わりなく多くの国々から義援金《ぎえんきん》も届《とど》けられました。そのすべての支援と祈りに対して、私は日本に生きる一人として、改めて心からの感謝を表さずにはいられません。

YouTube《ユーチューブ》に英語、ポルトガル語、中国語で紹介させていただいた『果てなき荒野を越えて』の詩への反響も、わが国と被災した人々への想いに満ちた、大きな励ましでした。

遠い異国《いこく》の地で起こった出来事とそこに生きる人々に、心を寄せて祈り、行動する。それは普通のことではありません。

私たちがその恩義《おんぎ》に報《むく》いるには、何よりもまず、私たちが、この震災という試練を抱《いだ》いたからこそ、私たちの国の「彼の地」に向かって力強く歩んでゆくことだと思います。

そしてそれは、私たち一人ひとりの「彼の地へ」の歩み——その希望への一歩から確かに始まってゆくことを私は信じて疑《うたが》いません。

二〇一二年六月

高橋　佳子

被災地とともに

瓦礫《がれき》も何もなくなった
空《から》っぽの土地に
彼らの形見《かたみ》が
息づいている。

福島県いわき市

神殿の基壇《きだん》のように
厳《おごそ》かな気配で
帰らぬ時を語る
家々の痕跡《こんせき》——。

眼を閉じれば
まぶしい光
懐《なつ》かしい声が
次々に蘇《よみがえ》ってくる。

ここは
彼らが
自らの魂を捧《ささ》げた
聖なる場所。

私はひざまずき
頭《こうべ》を垂《た》れて祈る。
そして彼らの魂が癒《いや》される
遥《はる》かな時を想うのだ。

平穏《へいおん》をよそおう
静かな日々に
人々は堪《た》えている。

見知らぬ土地で
慣《な》れない日々に
人々は堪えている。

生業《なりわい》の目処《めど》も立たない
無為《むい》の日々に
人々は堪えている。

散り散りになって
孤独な日々に
人々は堪えている。

方針も解決策もない
落胆《らくたん》の日々に
人々は堪えている。

しかしそれでもその日々が
希望へと続くことを
人々は信じている。

その日々はいつか
報《むく》われなければならない。

岩手県大船渡市

沈黙の街《まち》に
ひっそりと
桜の花が咲く。

神隠しにあったように
人ひとりいない通りを
風が横切ってゆく。

自然は変わりなく
生命《いのち》を営み続けている。
それなのに
故郷《ふるさと》は寂《さび》しいままだ。

福島県南相馬市

都会は不夜城《ふやじょう》のように
活気にあふれている。
それなのに
故郷《ふるさと》は疲れたままだ。

彼らの時を止めた
本当の理由は何か。
奪《うば》われた未来の
本当の呼びかけは何か——。

それを探すことが
私たちの約束である。
それに応《こた》えることが
私たちの闘《たたか》いである。

時が流れ
季節が移っても
想い続けていよう。

人々が去って
景色が変わっても
想い続けていよう。

本当の喪失《そうしつ》は
過ぎ去ることなく
いつも私たちの許《もと》にある。

時代の痛みは
人間の生き方を問い
未来の形を指し示す。

だから
大切に
想い続けていよう。

生きている限り
決して忘れることなく
想い続けていよう。

宮城県石巻市

しんぶんし ありがとう。
南光台小
ONE PIECE
ありがと

亡き友よ。
君が今どうしているか
教えてほしい。

心細くはないか
寂しくしていないか
心配なことはないか。

亡き友よ。
今まで通り私たちを
見ていてほしい。

危《あや》うくはないか
足りないことはないか
正しく歩んでいるだろうか。

何かのしるしで
わかるように
知らせてほしい。

できることなら
君の声で
語りかけてほしい。

亡き友よ。

宮城県仙台市

苦しくなったら
遠く流れてゆく川面《かわも》を
じっと眺《なが》めてみよう。

大切な人を偲《しの》ぶときは
夜空の月星《つきぼし》と
静かに語り合ってみよう。

心を決める前に
透明な朝の光を
ゆっくりと呼吸してみよう。

胸の奥に
きっと声が響《ひび》いてくる。
心の底に
必ず答えが現れてくる。

人はみな
大いなる存在《もの》に見守られ
大いなる自然と歩んでいる。

宮城県石巻市

福島県郡山市

今から
始めなければならない
何があってもなくても
何がもたされても奪《うば》われても。

ここから
始めなければならない
道が見えても見えなくても
備えができてもできなくても。

人生は続き
世界は経《へ》廻《めぐ》りを繰《く》り返す。

「今」と「ここ」は
あらゆる過去と未来が交わり
すべての現実を映し出す
ただ一つの点である。

だから
今から
ここから
始めなければならない。

福島県相馬郡飯舘村

静けさは
決して
のどかなものではない。
世界に響《ひび》く
本当の叫《さけ》びが
聞こえるからだ。

静けさは
決して
やさしいものではない。
喧噪《けんそう》の底にある
本当の闘《たたか》いを
教えるからだ。

静けさの中で
人は真実に向かい合う。
静けさの中で
人は自らの道を知る。

人間の力

GYOSEN HOKEN

家族を奪《うば》われ
すべてをなくした人々が
前を向いて立ち上がる。

日々を壊《こわ》され
深い傷を負った魂たちが
顔を上げて歩き出す。

道のない試練の中から
もう一度
希望を紡《つむ》ぎ始める。

それは何と
気高《けだか》い歩みだろうか。
それは何と
たくましい力だろうか。

彼らは
勇者のように
立っている。

彼らは
奇跡のように
輝《かがや》いている。

宮城県石巻市

POLO CLUB

被災地の再生に
心尽《つ》くす人たちは
遠くに響《ひび》く潮《うしお》のように
一つのリズムを
刻んでいる。

海とともに
大地とともに
人々とともに
変わることなく
生きてゆく。

続けることが
力なのだ。
あきらめないことが
智慧《ちえ》なのだ。
彼らはそう教えている。

それは
絶《た》えることなく
運不運が入れ替わり
光と闇が変転する
この世界の生き方の秘密——。

私もそうやって
人生を生きてゆこう。
つまずいても
砕《くだ》かれても
すべてを受けとめてゆこう。

宮城県東松島市

見えないところで
自らをつくるものの凛々《りり》しさよ。

まっすぐに伸びようとする樹は
地深く根を下ろす。
そして深くに張った根ほど
苦役《くえき》と受難を知っている。

見えないところで
他に尽《つ》くすものの美しさよ。

すべての形に従う水は
あらゆる生命《いのち》を支《ささ》えている。
そして他を生かすものほど
歓《よろこ》びと悲しみを知っている。

見えないところで
心と力を捧《ささ》げるものに
人々はずっと
学び続けてゆくだろう。

岩手県陸前高田市

私はいつも
風と光の中を歩いてきた。
人生が与《あた》える
不意の試練も
重い運命も
私には風であり光だった。

苦しみは
私を強くする風
魂を揺《ゆ》り動かす響《ひび》き。
かなしみは
私を洗う雨
魂を目覚めさせる光。

だから

越えがたい
壁を前にするとき
私は無心に還《かえ》って
新しい道を探し始める。

どうにもならない
困難を引き受けるとき
私は過去に死んで
新しい未来を歩み始める。

宮城県名取市

無力な人々への献身《けんしん》
罪なきものの抹殺《まっさつ》
それがともに
人なせる業《わざ》としてある。

自然が示し得ぬ創造
世界を灰燼《かいじん》に帰《き》す力
それがともに
人の手のうちにある。

輝《かがや》かしく
恐ろしい
人間の無限の力――。
その分水嶺《ぶんすいれい》はどこにあるのか。

人はみな
光と闇の増幅装置。

だからこそ
弁別《べんべつ》しなければならない。
そのきわまる光と闇に
目覚めていなければならない。

宮城県東松島市

すべてを呑《の》みつくせ
よいことも悪いことも
つらいことも悲しいことも。

それだけの大きさが
君にはある。

すべてを抱《いだ》いてゆけ
失敗も成功も
理《り》不《ふ》尽《じん》な試練も不運も。

それだけの強さが
君にはある。

君はまだ知らない
君が誰《だれ》であるかを。

君はまだ知らない
君がなぜ君になったかを。

この広い大地深くに
君たちの遙《はる》かな来歴《らいれき》が刻まれている。

触《ふ》れることも
捕《と》らえることもできないが
それは確かに「ある」ものだ。

この青い空のかなたに
君たちの秘《ひ》された未来が眠っている。

福島県田村市

知ることも
見ることもできないが
それは確かに「ある」ものだ。

かぎりない
経験と智慧《ちえ》を蓄《たくわ》え
切《せつ》なる
使命を抱《いだ》いた
君たちの魂――。

さあ心して
その由来《ゆらい》と本質に
応《こた》え始めるときがきた。

厳《きび》しい暑さと
激しい冷え込みを
ともに経験した樹々ほど
秋 深紅《しんく》に輝《かがや》く。

宮城県東松島市

幾度とない
試練の日々に
堪《た》えて応《こた》えた人生ほど
芯《しん》から成熟してゆく。

いかに苦悩を背負い
痛みに応えてきたか。
その足跡《そくせき》が
人間の器量をつくり
輝《かがや》きの質を決める。

人生の時が
強さと深さを磨《みが》き
広さと豊かさを蓄《たくわ》えて
結晶《けっしょう》するのだ。

少しずつ
長い時をかけて
現れてゆく
人間の力である。

新しい地平

東日本沿岸にいた
君たちだけが
この試練と出会ったのか。
フクシマで暮らしていた
君たちだけが
この重《おも》荷《に》を背負ってゆくのか。

そうではないはずだ。
どこにいても
同じ日本で
同じ時を生きる者はみな
その試練と出会い
その重荷を背負っている。

私たちはこれから
どう生きてゆくのか。
この国がたどるべき道は
どこにあるのか。

福島県南相馬市

どの国も経験がなく
誰《だれ》も答えを持たない問題が
人間の未来を左右する。

それに挑《いど》まずに
進むことはできない。
それを無視して
生きることはできない。

見えない敵《てき》から
身を守るために
人々は家に
閉じこもった。

忍《しの》びよる放射能を
遮《さえぎ》るために
人々は防護服に
身を包《つつ》んだ。

福島県相馬郡飯舘村

すべての生命《いのち》が
自然に支《ささ》えられていても
遠ざけるほかないのだ。
生きることは
つながることでも
断ち切るほかないのだ。

何という苦渋《くじゅう》であり
何という矛盾《むじゅん》だろうか。

それは
天災にも人災にも収《おさ》まらない
人間の文明がもたらした災厄《さいやく》。

人は
新しい未来を
導《みちび》かなければならない。
その歴史と遺産《いさん》の負《ふ》の重力を
突《つ》き抜《ぬ》けなければならない。

どうして驚かないのか。
どうして怒らないのか。
どうして祈らないのか。

驚きも怒りも祈りもない
平坦《へいたん》な日々には
生ける屍《しかばね》のように
魂は横たわる。

時が移ろうと
場所が異なろうと
魂の法則は変わらない。
内からやってくるものだけが
本当の力となるのだ。

福島県いわき市

純粋の驚きなくして
目覚めることはできない。
純粋の怒りなくして
立つことはできない。
純粋の祈りなくして
歩むことはできない。

だから
聖なる息《い》吹《ぶ》きによって
驚きと怒りと祈りを
一つに結ばなければならない。

遥《はる》かな夢を描《えが》くことだ。
切《せつ》なる希望を抱《いだ》くことだ。

たとえそれが
どんなに遠くても
どんなに儚《はかな》くても
未来はそこから生まれてくる。

離れているほど
難しいほど
それは
気高《けだか》く
純粋に
私たちを導《みちび》くだろう。

何を守り
何を手放すべきか。
どこに進み
どこから退《しりぞ》くべきか。
澄みきった智慧《ちえ》を
私たちに与えるだろう。

宮城県石巻市

ただ存在する
という事実に
もっと驚くべきではないか。

そこには
無数のつながりが形づくる
唯一《ゆいいつ》の必然が隠《かく》れているのだから。

ただ生きている
という事実を
もっと讃《たた》えるべきではないか。

福島県南相馬市

そこには
決して過去から導《みちび》けない
新しい未来が息づいているのだから。

生命《せいめい》とは
もとより
思《し》量《りょう》を超えた現象である。

外なるものを凌《りょう》駕《が》して
内なるものが顕現《けんげん》する
秘められた力の奔流《ほんりゅう》——。

それがあなたの中に
渦《うず》巻《ま》いている。

今だけではなく
十年後を考えよ。
明日《あす》だけではなく
百年後を想え。

一時《いっとき》なら
嘘《うそ》で欺《あざむ》くこともできる。
一時なら
金で味方も増えるだろう。
一時なら
力にまかせて好きにできる。
一時なら
悪政だって栄えるだろう。

しかし
長くは続かない。
永遠の流れに
残るものはない。
時は厳正《げんせい》に
真価を質《ただ》すのだ。

目の前の一瞬を
人は生きる。
でもそれは
永遠の一部である。

福島県田村郡三春町

ニュージーランド マウント・クック国立公園

遠くまで
見はるかすことだ。
野を越え森を越え
地平の向こうまで
見続けることだ。
そうすれば
すべてを支《ささ》える
大地の起《き》伏《ふく》が見えてくる。

隅々《すみずみ》まで
受け入れることだ。
出会うことのない人々の人生や
見知らぬ国の現実まで
想ってみることだ。
そうすれば
すべてを貫《つらぬ》く
世界の真実が見えてくる。

彼方《かなた》を想い
遠くを見つめよう。
そうすれば
共に生きる道が見えてくる。

すべては
今始まる。

脈々《みゃくみゃく》たる歴史も
営々《えいえい》と築《きず》かれた文明も
ただ引き継《つ》がれるものではない。

内側から虚空《こくう》から
まったく新しく降りてくる
無垢《むく》の時——。

すべての過去を受け継《つ》ぎ
すべての過去を超越する
絶対の時——。

今という時に
百億年に一度としてなかった
新しい光が射《さ》している。

一人ひとりに
どこにも現れなかった
新しい光が射している。

その光が
彼《か》の地へと
海のようにつながったとき
新しい国が生まれる。
新しい時代が始まる。

著者プロフィール

高橋佳子（たかはし けいこ）

1956年、東京生まれ。

幼少の頃より、人間は肉体だけではなく、目に見えないもう一人の自分——魂を抱く存在であることを体験し、「人は何のために生まれてきたのか」「本当の生き方とはどのようなものか」という疑問探求へと誘われる。

『心の原点』『人間・釈迦』などの著書で知られる父・高橋信次氏とともに真理（神理）を求める歩みを重ねた後、多くの人々との深い人間的な出会いを通じて、新たな人間観、世界観を「魂の学」——TL（トータルライフ）人間学として集成。現在、精力的に執筆・講演活動を展開しながら、TL経営研修機構、TL医療研究会、TL教育研究会などで様々な分野の専門家の指導にあたる。また、GLAでは、あらゆる世代の人々に向けて数々の講義やセミナーを実施する一方で、魂の次元に触れる対話を続けている。1992年より各地で開催している講演会には、これまでに延べ約60万人が参加。主な著書に『魂の発見』『果てなき荒野を越えて』『魂の冒険』『Calling 試練は呼びかける』『12の菩提心』『運命の方程式を解く本』『新・祈りのみち』『あなたが生まれてきた理由』をはじめ、教育実践の書『レボリューション』『心のマジカルパワー』などがある（いずれも三宝出版）。

彼《か》の地へ　3・11からのメッセージ

2012年7月4日 初版第一刷発行
2012年7月11日 初版第二刷発行

著　者　高橋佳子
発行者　仲澤 敏
発行所　三宝出版株式会社
〒111-0034 東京都台東区雷門2-3-10
電話 03-5828-0600　http://www.sampoh.co.jp/
印刷所　株式会社アクティブ
写　真　Kei Ogata
装　幀　今井宏明

ISBN978-4-87928-070-1